O NOIVO DEFUNTO
E OUTROS CONTOS DE MAL-ASSOMBRO

MARCO HAURÉLIO

O NOIVO DEFUNTO
E OUTROS CONTOS DE MAL-ASSOMBRO

Ilustrações
SEVERINO RAMOS

2ª edição - 2019 - São Paulo

Copyright © 2011 Marco Haurélio
2ª edição ampliada - 2019
Todos os direitos reservados
Editora Nova Alexandria Ltda.
Avenida Dom Pedro I, 840
01552-000 São Paulo SP
Fone/fax: (11) 2215-6252
E-mail: novaalexandria@novaalexandria.com.br
Site: www.novaalexandria.com.br

Ilustrações: Severino Ramos
Revisão: Thiago Lins, Juliana Messias
Capa: Adriana Ortiz sobre ilustração de Severino Ramos
Projeto Gráfico e editoração eletrônica : Adriana Ortiz

DADOS PARA CATALOGAÇÃO NA FONTE (CIP)

Haurélio, Marco (org.)
O noivo defunto e outros contos de mal-assombro / Marco Haurélio ; ilustrações de Severino Ramos.
-São Paulo : Nova Alexandria , 2019.

68 p. : il.
ISBN: 978-85-7492-439-7

1. Literatura folclórica. 2. Folclore : contos tradicionais.
3. Contos populares brasileiros.

CDD: 398
CDU: 398.2

Índice para catalogação sistemático

027- Bibliotecas gerais
028 - Leitura. Meios de difusão da informação

Em conformidade com o Acordo Ortográfico da Língua Portuguesa.
Nenhuma parte deste livro pode ser reproduzida sem a autorização expressa da Editora.

Sumário

Apresentação	7
A fazenda assombrada	11
O homem que tentou enganar a morte	15
O noivo defunto	19
O corcunda e o zambeta	23
O diabo e o andarilho	27
A mendiga	31
O dia do caçador	35
Caveira, quem te matou?	39
A Procissão	43
A velha dos fósforos	49
A visão da encruzilhada	53
O amigo lobisomen	57
Vozes da tradição	61
Glossário	64
Biografias	66

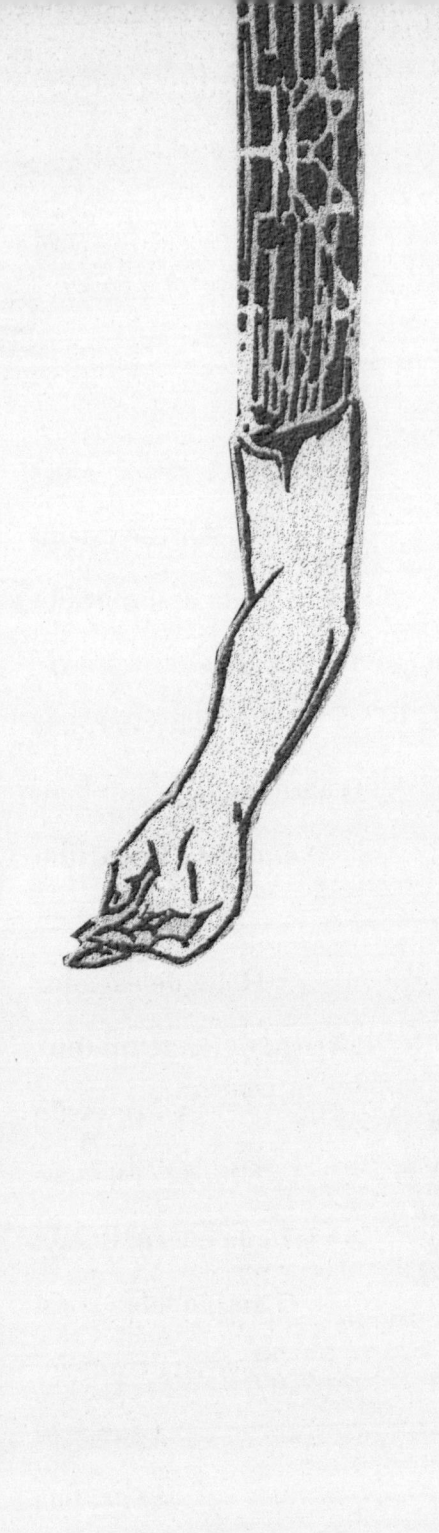

Apresentação

Este livro reúne contos populares colhidos no sertão da Bahia (dez) e em São Paulo (dois), que apresentam uma característica comum: em todos há o elemento sobrenatural. O medo de fantasmas é muito antigo e remonta às primeiras civilizações. Muitas de nossas crenças foram trazidas da Europa; outras chegaram a bordo dos navios negreiros, durante os séculos em que vigorou o vergonhoso regime da escravidão. Os povos indígenas, com sua diversidade cultural e étnica e fervilhante imaginação, povoaram as matas de assombros, como o Curupira e o Mapinguari, hoje suavizados em livros infantis. Contos, mitos e lendas, além de romances em versos, parlendas e cantos de trabalho, constituem o grande patrimônio cultural e imaterial do Brasil: nossa rica tradição oral.

O conto *O noivo defunto* é a versão em prosa da balada alemã *Lenore*, do poeta Gottfried August Bürger (1747-1794), traduzida para o português por Alexandre Herculano, no século XIX. A história foi narrada por Jesuína Pereira Magalhães, nascida em 1915, no município de Igaporã, Bahia. *A fazenda assombrada* é uma das histórias mais conhecidas do povo do campo. Antigamente, eram raras as agências bancárias no interior do Brasil. Quem possuía muito ouro ou deixava para os herdeiros, ou enterrava para que mais ninguém desfrutasse dessa riqueza. A alma do avarento, no entanto, não encontrava descanso. Era preciso achar, entre os vivos, alguém muito corajoso para desenterrar o tesouro. A alma penada, geralmente, aparecia em sonhos ao "escolhido". Caso consiga passar o tesouro maldito para outra pessoa, o fantasma encontra o descanso eterno. Mas a tarefa é custosa: o Diabo, de olho naquela alma que julga sua, fará de tudo para que a empreitada fracasse.

Às vezes, a história diverte mais do que assusta. É o caso de *O corcunda e o zambeta*, que guarda parentesco com um conto recolhido pelos Irmãos Grimm, na Alemanha, *Os presentes do povo pequeno*. Lembra também um conto registrado por Luís da Câmara Cascudo, *Os compadres corcundas*, publicado na obra *Contos tradicionais do Brasil*, de 1946. Há espaço ainda para os contos de exemplo, como *O dia do caçador* e *Caveira, quem te matou?* O primeiro pertence ao ciclo de histórias sobre os tabus relativos à caça e as consequências para os que violam determinadas regras; o segundo, de origem africana, mostra como, às vezes, é bom pensar antes de falar.

As quatro últimas histórias, escritas para a edição ampliada, há muito reivindicada pelos leitores, estão mais na esfera das lendas. O lobisomem, assombração conhecida em todo o Brasil, corre o mundo em versões e variantes que encheriam muitas páginas, é personagem da história que fecha o nosso livro, e que vem sendo contada à luz da fogueira ou da lamparina, nos serões noturnos do Brasil interior por quase cinco séculos. Fala sobre dois companheiros que viajam à luz da lua, quando um deles inventa um pretexto qualquer para se ausentar; logo em seguida, o que ficara na estrada é atacado por um animal enorme, parecido com um cachorro, embora mais feroz e ameaçador.

Léon Wieger, autor de *Folk-lore chinoise* (Folclore chinês), resume a lenda de Kiang-Tcheu, velho camponês que, depois de curar-se de uma moléstia, desaparece sem deixar vestígios: um lenhador que adentra a floresta é acossado por um enorme lobo, mas escapa subindo a uma árvore, mesmo tendo sua calça abocanhada pelo animal, ao qual fere com sua machadinha. No outro dia, seguindo o rastro de sangue, vai ter à casa do camponês e o encontra ferido na cabeça com pedaços de suas calças entre os dentes.

A presença maléfica do lobisomem se encontra nas páginas de Plínio, o Velho, Heródoto, Petrônio, Ovídio e Petrônio. Este último, no capítulo LXII do *Satyricon* (século I d.C.), nos conta a história de Niceros que, em companhia de um soldado, deambulava à noite sob a luz da lua cheia. Quando passavam por um cemitério, o soldado livra-se das roupas, enquanto conjura os astros, transformando-se em lobo e fugindo em seguida através da mata. Niceros chega à casa de Melissa de Tarento, que lhe conta uma história estranha e aterrorizante: um lobo atacara seu rebanho e fugira, depois de ser ferido no pescoço por um escravo. No outro dia, Niceros encontra o companheiro de jornada ferido na nuca. Era, com efeito, um lobisomem que, há quase dois milênios, assombrava a Itália.

Ditas estas palavras, resta-me por ora, desejar bons sustos... ou melhor, boa leitura!

Marco Haurélio

A fazenda assombrada

Dizem que havia uma fazenda mal-assombrada. Se alguém fosse pernoitar lá, no dia seguinte, podiam buscar o cadáver. Os tropeiros, sem saber que a casa era assombrada, faziam pouso por lá. Quando caía a noite, a *latomia* era tão grande que ninguém aguentava. O tropeiro ouvia a mula que deixara na roça *rinchar* e perguntava:

— De que *urra*, minha burra?

E ouvia a resposta:

— É que você não tem roça para botar.

A partir daí, a confusão reinava e o inferno abria as portas.

Certa feita, um homem de muita coragem soube da fama da fazenda e resolveu fazer o pernoite por lá. Entrou, depôs sua bagagem num canto, preparou o fogão e foi assar uma carne. Num instante, vindo ninguém sabe de onde, apareceu um moleque com um sapo no espeto, que ele levou ao fogão.

O viajante nem se abalou e disse:

— Moleque! Moleque! Tire esse sapo de perto de minha carne!

O moleque sumiu, ele comeu a carne e foi armar a rede. Quando se deitou, ouviu uma voz fanhosa:

— Eu caio!

Era uma aleivosia dependurada no teto. O homem, tranquilo, respondeu:

— Pode cair! — e caiu um braço.

— Eu caio!

— Pode cair! — e caiu uma perna.

A assombração continuou dizendo "Eu caio!", até que despencou o corpo inteiro. Depois desapareceu e, na sala, formou--se um samba. A zoada não incomodou o viajante, que caiu no samba também. Ele não via ninguém, mas ouvia, alto e claro, uma voz:

— Não dá umbigada na mulher do coronel!

E outra:

— Não dá umbigada na mulher do capitão!

O corajoso deu uma umbigada na mulher do capitão, e a sala clareou toda. Como não tinha medo de nada, ele resolveu vasculhar a casa. Num salão espaçoso, encontrou os moradores sentados em cadeiras. Ao se aproximar, a surpresa: eram todos defuntos. Uma mulher e um homem foram até ele e o chamaram para um lugar onde estava guardado um baú cheio de ouro e prata, e disseram:

— É tudo seu, por causa de sua coragem.

Naquela hora, o galo cantou e tudo desapareceu. Ele foi dormir tranquilamente o resto da noite. No outro dia, foi buscar a família para morar com ele na casa e encontrou alguns parentes seus com uma rede indo em direção à fazenda. Quando o viram, tomaram aquele susto, pois já o imaginavam morto e iam buscar o corpo.

O homem que tentou enganar a morte

Certa vez, a Morte veio buscar um homem, mas ele a convenceu a deixá-lo viver um pouco mais. A Morte compadeceu-se dele e deu-lhe mais algum tempo, mas alertou:

— Eu não perco viagem!

O tempo passou e, com a proximidade da triste data, o homem *astuciou* um jeito de enganá-la: comprou um caixão de defunto, pôs na sala e se meteu dentro dele, fingindo-se de morto. Antes, alertou a mulher para dizer à Morte que ele teve de fazer uma viagem urgente. E, por ser aquele o dia marcado, a Morte bateu à porta, perguntando pelo homem. A mulher disse que ele não estava e convidou a Morte a entrar. Lá dentro, ela percebeu que havia uma sentinela; então, aproximando-se do caixão, pôs os cotovelos em cima e, sem que a mulher percebesse, disse:

— Já que você aí está, aí mesmo é que vai ficar!

Depois se despediu da mulher, que não cabia em si de contente por ter conseguido iludir a Morte. Por volta das duas da tarde, ela abriu o caixão chamando o marido pelo nome e convidando-o a se levantar. Mas, quem disse! O coitado já estava de perna tesa.

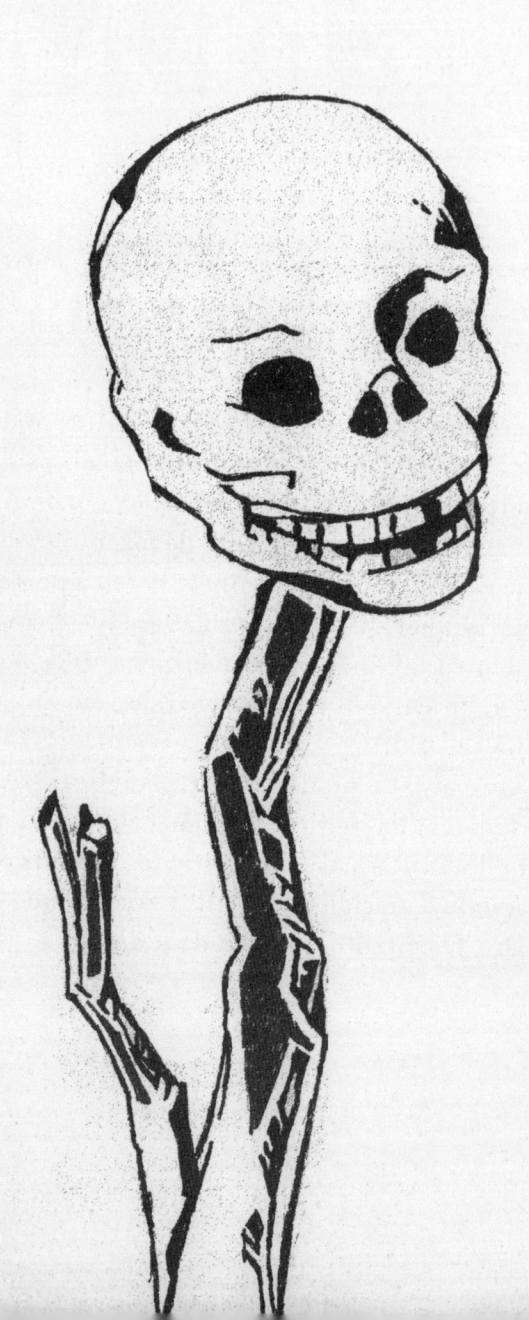

O NOIVO DEFUNTO

Uma vez, uma moça de família abastada se enamorou de um rapaz pobrezinho, mas os pais dela nem queriam ouvir falar de tal namoro. Diziam que o moço, sendo pobre, nada tinha a oferecer à sua filha. Num dos encontros escondidos, o rapaz propôs a ela que fugissem, pois somente assim teriam paz. A fuga deveria ser na calada da noite.

Na data combinada, a moça ouviu batidas na janela, pois esse era o sinal combinado previamente. Levantou-se precavida, já sabendo do que se tratava. Após se cumprimentarem, saíram andando pela estrada aluminada pela lua cheia. Ao depois de muito andarem, a moça reclamou que estava muito cansada e o rapaz se ofereceu para levá-la nas costas. Ao tocá-lo, ela sentiu um arrepio na espinha e perguntou:

— O que houve, amor, que você está tão gelado?

Ele respondeu desta forma:

> *— Ô lua que tanto alumia,*
> *Ô morto que tanto caminha!*
> *Fica mal comigo, vida minha?*

Quando descansava, ela descia. Mas quando ele a levava nas costas, repetiam-se as mesmas pergunta e resposta. Já de madrugada avistaram uma fogueira; aproximando-se, perceberam que havia numa casinha muitas pessoas presentes numa sentinela. O rapaz pediu que ela descesse de suas costas e foi para uma parte escura atrás da casa, garantindo que voltaria logo.

Uma moça, que estava na sentinela, vendo aquela estranha sozinha parada em frente à sua casa, chamou a mãe e foi saber a sua procedência e como havia chegado até ali. A outra narrou toda a história, desde a fuga com o noivo até aquele momento. Disse que aguardava o noivo, que saíra havia poucos minutos. A velha neste momento teve um susto enorme, mas, recompondo-se, chamou a chegante para dentro e apontou o caixão onde o defunto — que era o seu filho — estava sendo velado.

— Responda, minha filha: é este o rapaz que você está esperando?

Ao se certificar que o seu noivo e o defunto eram o mesmo, a moça desmaiou. Quando recobrou os sentidos, soube que o seu amado tinha morrido de uma queda do cavalo. Mas, como ele havia feito um trato com ela, não deixou de cumpri-lo, mesmo depois de morto. Dizem que a moça ficou morando com aquela família, e, muito tempo depois, acabou casando com um irmão do falecido.

O CORCUNDA E O ZAMBETA

Dizem que este caso se deu no interior de Alagoas. Uns afirmam que era o tempo das Santas Missões. Outros juram que era uma festa de padroeiro ou ainda a Semana Santa. Foi assim: dois mendigos imploravam "uma esmola pelo amor de Deus" nas escadarias da Igreja Nossa Senhora da Conceição, em Água Branca. O mendigo mais velho era zambeta e muito ranzinza. O mais moço era corcunda, mas sempre animado. O corcunda, depois do expediente, como sempre, se dirigia a seu casebre de taipa, às margens do rio Ouricuri; no percurso, ao passar em frente ao cemitério, ouviu uma voz cavernosa:

— Uuuuhhh! Uuhhh! Alguém me ajude! Alguém me ajude!

O corcunda ficou muito assustado, mas, penalizado e curioso, decidiu pular o portão de cemitério. Para sua surpresa, deu de cara com uma alma penada, *vivinha da silva*, lamentando a sorte. A assombração fez-lhe um pedido:

— Ô *pareia*, você tem um casaco para me dar?

Tremendo igual vara verde, o corcunda respondeu:

— Tenho não...

— Você tem um taquinho de fumo de rolo de Arapiraca?

— Tenho não...

— Não tem nem um pedacinho de rapadura?

— Tenho não...

A essa altura, a alma penada estava ainda mais irritada:

— Não tem nem um punhadinho de farinha?

— Tenho não...

Enfurecida, a assombração berrou:

— Ah, seu desgraçado, já que você não tem nada, então me dê essa corcunda!

E, num piscar de olhos, a corcova havia desaparecido, e o ex-corcunda saiu saltitante, radiante, pulando as catacumbas e covas, cantando o *Coqueiro da Bahia*.

Alguns dias se passaram e ele, o ex-corcunda, foi à igreja. Lá, reencontrou o seu companheiro zambeta, que ficou assustado, curioso, intrigado, e, diga-se de passagem, com muita inveja:

— Como foi isso? *Me* conta! *Me* conta! *Me* conta logo!

O *corcunda-sem-corcunda* contou o acontecido, feliz da vida:

— Naquele dia, passei pelo cemitério e ouvi alguém pedindo ajuda, mas, como não pude ajudar porque não tinha nada, a pessoa ficou com muita raiva e roubou minha corcunda.

Zambeta, mais do que interessado, alardeou:

— Vou passar lá também! Também quero ficar bom para calar a boca de muita gente!

E assim, no finalzinho da tarde, o zambeta se dirigiu ao cemitério. Nem esperou a alma penada chamar, e, pulando o portão, já foi dizendo:

— Eu não tenho nada, não!

A alma penada ficou cabreira:

— Eu ainda nem disse nada. Mas você não tem um pedacinho de fumo de rolo de Arapiraca?

— Eu já falei que não tenho nada!

— Um punhadinho de farinha?

— Ô peste! Já disse que não tenho nada!

A alma penada foi ficando irritada, irritada...

— Não tem nem um casaco para me esquentar?

— Tenho não, já falei!

E a alma, revoltada, berrou:

— Ah, seu desgraçado, já que você não tem nada, fique com essa maldita corcunda!

O DIABO E O ANDARILHO

No tempo em que todo país era governado por um rei, viveu um velho muito rico que tinha um único filho. E esse rapaz, de uma hora para outra, achou de sair pelo mundo, para conhecer novas terras. O pai tentou fazê-lo desistir da ideia, mas... qual! Ele estava resolvido! O velho, então, pegou duas *bulocas* de dinheiro, mandou preparar um burro, entregou tudo ao filho e se despediu dele, abençoando-o. O moço *colocou viagem*. Andou, andou, sempre parando no local onde havia uma igreja velha para reformá-la.

Depois de muito andar, avistou uma capela velha, caindo aos pedaços. Pagou uns homens para reformá-la. Eles fizeram conforme o combinado, mas deixaram de pintar uma imagem do Diabo num quadro. Ele fez questão de que os homens cuidassem de tudo e a imagem foi restaurada. O rapaz, satisfeito, prosseguiu a viagem, indo parar num reino distante. Lá, pediu arrancho a uma velha. Ela o recebeu, pois viu que ele era endinheirado. O rapaz, então, perguntou-lhe:

— Minha velha, nesse reino eu vi uma igreja precisando de reparo. Será que eu posso pagar uma reforma?

— Não, senhor! Essa igreja é do rei, e tem que pedir autorização — foi o que a velha disse, e pensou: "Ele deve ter muito dinheiro mesmo".

Assim que se viu sozinha, ela achou de *curiar* as coisas do andarilho, e viu as *bulocas* de dinheiro. Aí cresceu o olho, foi até o rei e delatou o rapaz como ladrão. A lei do lugar mandava para a forca quem fosse acusado de roubo. O rei mandou prender o estrangeiro e, com oito dias, ele subiria à forca.

No dia em que o moço ia ser executado, ajuntou-se muita gente em frente ao palácio. A velha estava assistindo à cena, quando veio uma coisa estranha, agarrou-a e desapareceu com ela. O povo ficou apavorado e o rei, mais ainda. Todos perceberam, naquela hora, que o moço era inocente, e o rei mandou que o soltassem imediatamente.

Ele *pôs viagem* novamente. A caminho de casa, avistou um braço de mar, impossível de ser atravessado a nado. Além do mais, o mar era cheio de feras. De repente, chegou um *freguês*, não se sabe de onde, e se ofereceu para atravessá-lo:

— Suba em minhas costas, que eu lhe atravesso.

Fazer o quê?! Ele precisava chegar ao outro lado, e subiu *nas* costas do estranho, que começou a nadar com muita rapidez. Chegando ao meio do mar, no lugar mais perigoso, o *freguês* perguntou-lhe:

— Você acredita mesmo em quem: em Deus ou no Diabo?

O rapaz, de pronto, respondeu:

— Nos dois!

Aí o estranho continuou nadando e o deixou, são e salvo, do outro lado.

O moço lembrou-se da igreja que mandara reformar e compreendeu quem o havia ajudado.

A MENDIGA

Contam os mais velhos que, há muito tempo, numa fazenda, vivia um homem muito avarento, que não dava esmola para ninguém. Certo dia, escutando batidas na porta da frente, ele foi atender e encontrou uma mendiga quase morta de fome, implorando por um prato de comida. O bruto não só lhe negou a comida como também a expulsou da fazenda com xingamentos e ameaças. A pobrezinha, não tendo outro jeito, rompeu; mas estava tão fraca que não conseguiu andar muito e, um pouco adiante, acabou caindo para não mais se levantar.

Pouco depois de ela ter saído, o fazendeiro foi tocado pelo remorso e resolveu procurá-la. Adiante a encontrou morta. Arrependido, providenciou mortalha e caixão e a pedinte foi enterrada no mesmo local em que morrera.

No outro dia, cedinho, o fazendeiro ouviu algo semelhante a batidas na porta. Ao sair, ele deparou com um quadro assustador: estavam na sua frente a mortalha e o caixão com que a morta havia sido sepultada. Entendeu, mesmo tarde, que ela precisava mesmo era de um prato de comida e tudo o mais, agora, lhe era inútil.

E ainda há hoje gente que nega o valor da caridade!

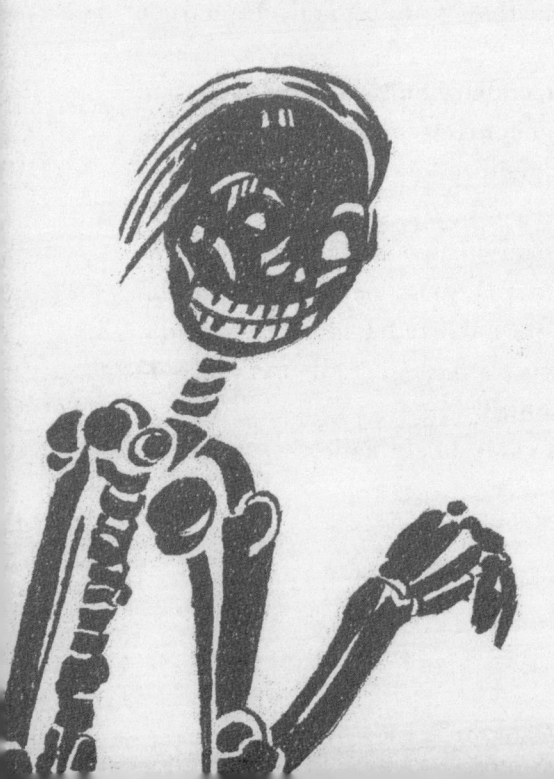

O DIA DO CAÇADOR

Tem dia que é da caça e dia que é do caçador. Isso é ditado velho, mas pouca gente assunta. Quer dizer: tem dia em que não se pode caçar de jeito nenhum. Por exemplo, 24 de agosto. Esse é o dia de São Bartolomeu. Quem desrespeitar esse *mandamento* paga muito caro, pois, nessa ocasião, o diabo se solta. Outro dia em que a caça é proibida, segundo a sabedoria dos mais velhos, é a Sexta-Feira da Paixão. Um caçador da Bahia, da tribo pataxó, resolveu trabalhar nesse dia, e não se saiu bem.

Foi assim: ele pegou toda a tralha de caça, armou-se da espingarda e, quando se preparava para entrar na mata fechada, a mãe chegou, implorando que não fosse. Qual o quê! Ele nem lhe deu *ligança*. Nem adiantou ela lhe falar que aquele era o dia em que Nosso Senhor morreu por nós. Ele nem olhou para ela e, saindo da estrada, se internou no capoeirão.

No meio da mata tinha um carreiro por onde passavam os veados. O caçador subiu numa árvore e ficou esperando a caça aparecer. Mas, naquele dia, em vez de um, chegaram três grandes veados.

"Hoje é meu dia de sorte", pensou; e, já com a arma engatilhada, mirou no mais forte dos três. O disparo foi certeiro. O veado, no entanto, nem se mexeu. O homem, percebendo que ali tinha artes do *fute*, começou a se desesperar. Os conselhos da mãe vieram, na mesma hora, à sua mente: "Quem caça em dia consagrado vê coisa que não quer". Pensou em descer e sair correndo, mas e o medo? Resolveu, então, esperar. Para sua surpresa, o grande veado olhou para um dos companheiros e perguntou:

— Pegou em você, fulano?

— Não, e em você? — o outro devolveu a pergunta.

—Não — e sacudiu as ancas e os caroços de chumbo caíram no chão.

O homem fechou os olhos por um segundo. Quando abriu, os veados haviam desaparecido. O infeliz se benzeu, desceu da árvore e pegou o caminho de casa, sussurrando uma oração forte. Ao chegar, a mãe, vendo-o pálido, perguntou o que aconteceu. Ele contou das *plantaformas* e, daquele dia em diante, nunca mais caçou em dia santo.

Em dia santo, nem em qualquer outro dia!

Caveira, quem te matou?

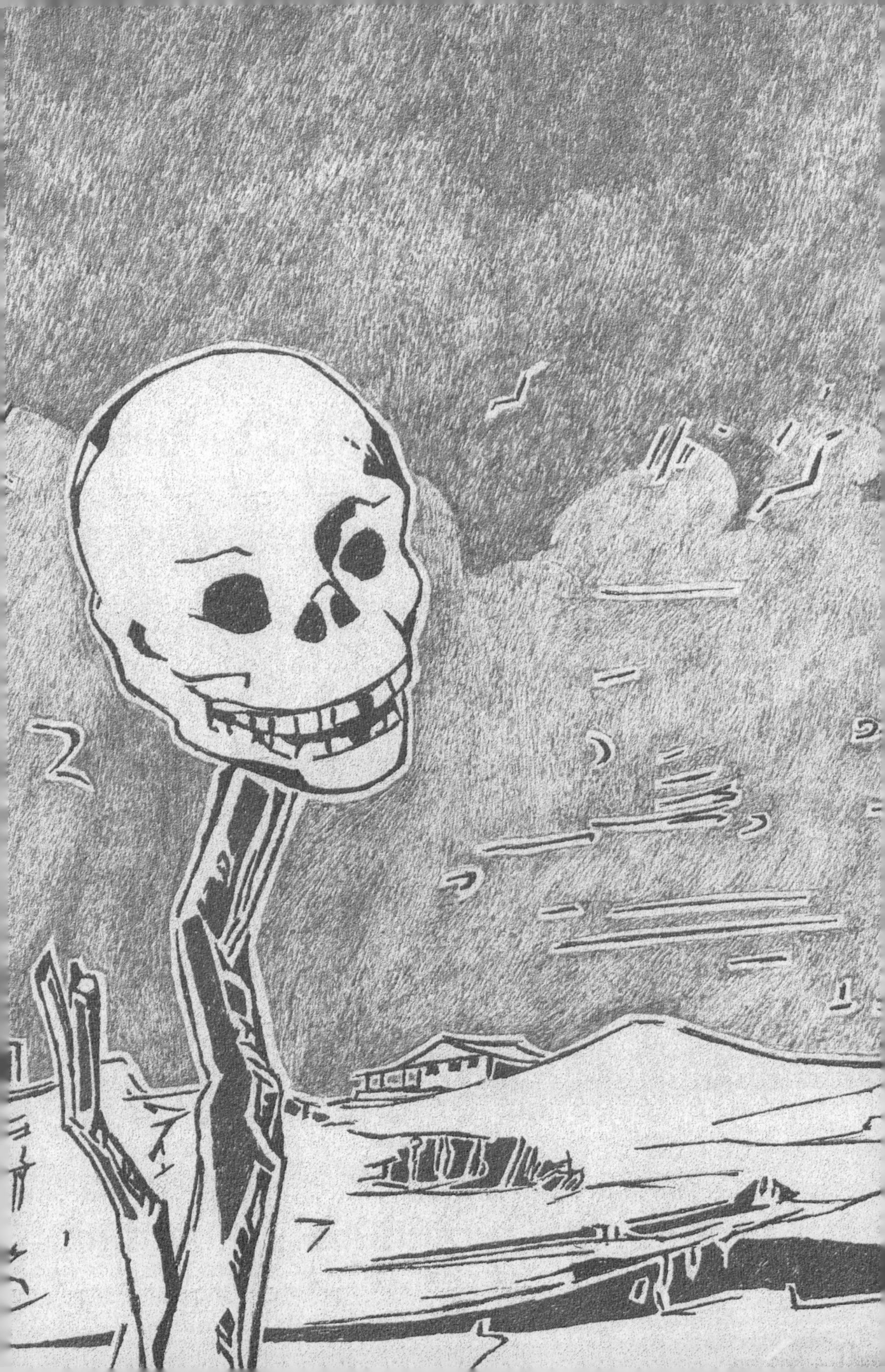

Um rapaz muito gaiato era mestre em contar mentiras, o que irritava muita gente. Por causa disso, tinha muitos desafetos. Uma tarde, quando voltava da lida na roça, avistou, fincada num pau, uma caveira. Como era brincalhão, achou de mexer com o que não devia, e perguntou:

— Caveira, quem te matou?

Uma voz roufenha respondeu:

— Foi a língua!

O rapaz olhou para um lado, para o outro, tentando descobrir quem lhe pregara a peça, e nada.

Por fim, criou coragem e perguntou novamente:

— Caveira, quem te matou?

E a caveira respondeu:

— Eu já disse que foi a língua!

O moço inicialmente ficou mudo de pavor. Depois que recobrou a consciência, foi correndo para a fazenda. O povo quis saber o motivo da gritaria e, vendo que era o mentiroso, imaginou ser mais uma patranha dele. Ninguém queria dar-lhe crédito, mas ele era insistente e sustentava uma história aparentemente absurda:

— Eu vi uma caveira falante.

— E o que ela te disse? — perguntou outro moço.

— Disse que quem a matou foi a língua.

O grupo resolveu acompanhar o tagarela até o local, onde, de fato, encontraram uma caveira. O infeliz perguntou:

— Caveira, quem te matou?

Nada de resposta. Nova pergunta, e nada. O grupo, impaciente, acabou matando o rapaz, julgando que ele lhe pregara outra peça.

Depois, um dos rapazes do grupo perguntou à caveira:

— Responde, caveira, quem te matou.

Para espanto de todos, ela respondeu:

— Quem me matou foi a língua!

A PROCISSÃO

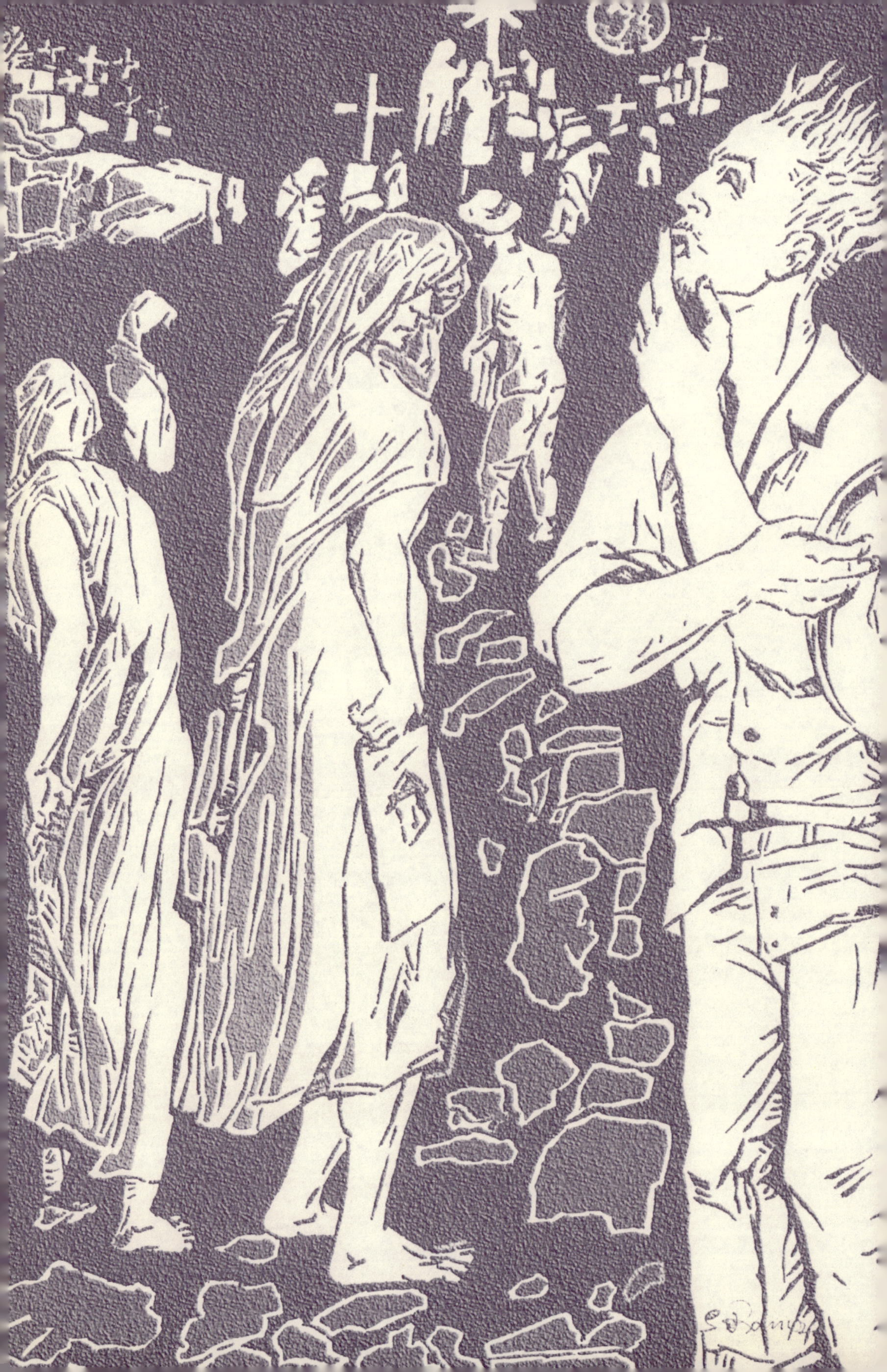

Zé Liodoro era homem que desconhecia o medo. É o que diziam os mais velhos, que o conheceram bem. Jamais deixou de viajar à noite, mesmo quando o advertiam sobre o risco de, numa dessas ocasiões, deparar com coisa do outro mundo. Zé dava de ombros:

— Não tenho medo de vivo, vou lá ter de morto!

Certa feita, indo visitar seu compadre Renério Caboclo, que morava bastante retirado de sua casa, na região alagadiça do rio São Francisco, na Serra do Ramalho, Zé demorou mais que o habitual, tão animada estava a prosa dos dois. O compadre, notando o adiantado da hora, ainda tentou convencê-lo a fazer por lá o pernoite, mas não teve jeito. Estava resolvido a voltar para junto dos seus, conforme prometera à esposa, e pegou a estrada. No retorno, para encurtar caminho, decidiu passar pelo cemitério da Moita, que tinha fama de mal-assombrado. De nada adiantou a recomendação do compadre Renério para evitar o trajeto.

A lua cheia alumiava os seus passos. Juazeiros, quixabeiras e oiticicas margeavam a estrada estreita, estendendo, em alguns trechos, os galhos como braços que se estendiam de uma margem a outra. Onça, nesse tempo, tinha de monte, mas, felizmente, não apareceu nenhuma. Um pouco antes da meia-noite, ele alcançou o cemitério e começou a atravessar aquele mundaréu de cruzes de madeira, cuja disposição irregular criava um cenário que, ressaltado pela lua cheia, tornava-se assustador. Zé, no entanto, não se abalava e seguia, desassombrado, certo de que, no dia seguinte, na venda do velho Guilherme, que ele gostava de frequentar, teria assunto para se pabular por uma semana. Foi quando percebeu que, da estrada que margeava o cemitério, surgia uma procissão que se movia em direção ao cruzeiro. Era tempo da Quaresma, ocasião em que grupos de penitentes saíam pelos ermos fazendo a "lamentação das almas". Os cantos fúnebres iam chegando cada vez mais fortes aos seus ouvidos, e ele, mesmo não sendo devoto, se sentiu no dever de acompanhar o coro de penitentes.

"Rezai, irmão meu,
Rezai pelo amor,
Rezai pela alma
Desse pecador".

O som das matracas ditava um ritmo que foi se tornando cada vez mais perturbador. As vozes, Zé agora percebia, eram mais arrastadas do que de costume. Já no cruzeiro, onde as velas iam sendo depositadas, Zé, entre a curiosidade e um medo que já não era possível disfarçar, viu que uma penitente removia o lenço branco que lhe envolvia a cabeça. A mulher, com semblante sério e carregado, pareceu-lhe uma velha conhecida.

— Compadre Zé, quanto tempo! Dá notícia de compadre Benvindo da Palma?

— Você é que deve saber, pois está no mesmo lugar que ele!

Nesse instante foi que Zé se deu conta de que aquela mulher, uma comadre sua chamada Zuína, havia mais de dez anos que era defunta. Os outros penitentes começaram a encará-lo também, taciturnos, pedindo notícias dos que ainda estavam nesse mundo. Zé, que, àquela altura, mal conseguia abrir a boca, tentava sair dali, mas o medo, agora senhor absoluto de seu corpo, não permitia que ele desse um passo sequer. Um a um, os fantasmas se aproximaram fazendo perguntas e inquirições que ficaram sem respostas. O tormento durou até o primeiro cantar do galo, quando as almas deixaram o cemitério tragadas pela neblina que anunciava o dia vindouro.

Zé, em vez de ir para sua casa, preferiu retornar à fazenda de seu compadre Renério, localizada mais perto do cemitério. Chegando, bateu à porta várias vezes, até que o compadre, com um candeeiro na mão e o bacamarte na outra, viesse em seu socorro. Sim, socorro, pois o homem, que saíra dali, tão cheio de si, agora estava desfigurado. Os cabelos, arrepiados, e a expressão apalermada eram a prova de que o pior acontecera.

Foram três dias de febre alta e delírios. O homem não falava coisa com coisa. Quando enfim voltou a si contou sobre o estranho encontro que o marcaria pelo resto de sua vida. Vida, aliás, que não durou muito, pois, três meses depois, Zé, que, desde a noite fatídica, tornara-se um sujeito acabrunhado, acabou, ele também, fechando os olhos para sempre.

A VELHA DOS FÓSFOROS

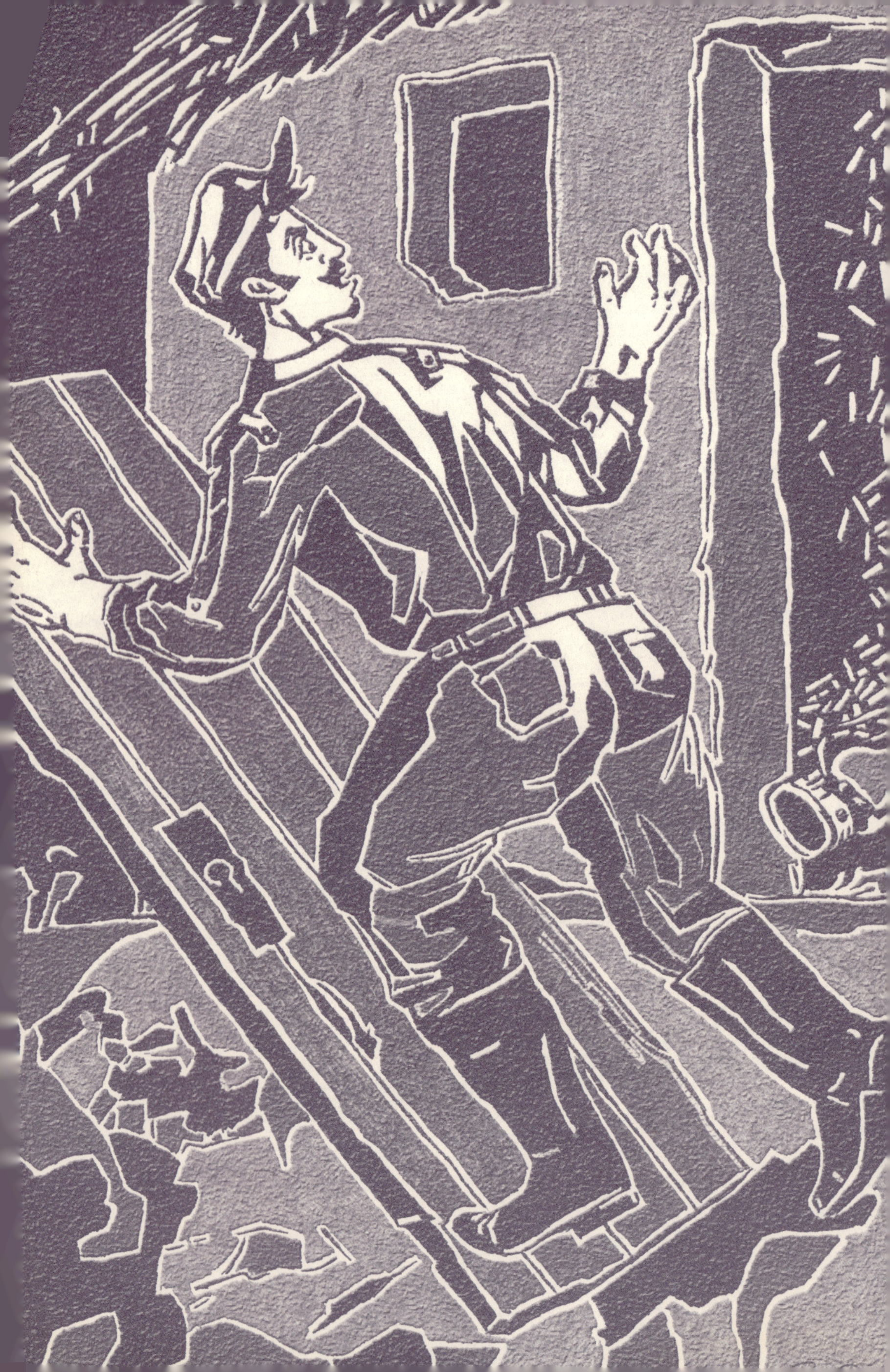

Dona Iaiá morava sozinha num casebre de sapé nos arredores de uma pequena cidade da região de Araçatuba, interior de São Paulo. Era benquista por quase todo mundo e, mesmo com idade avançada, gozava de boa saúde e muita disposição para a lida na roça. Gostava de pitar seu cachimbo, mas, sabe-se lá por quê, nunca levava fósforo ou isqueiro; sempre que algum conhecido se aproximava, ela perguntava se ele tinha fogo. Ninguém nunca lhe dizia não, e a vida seguia tranquila naquela comunidade. Aconteceu, porém, de, um dia, ela encontrar um moço que nunca vira por aquelas bandas, a quem, sem maldar o pior, pediu, como de costume, fogo para o cachimbo.

O sujeito, que, possivelmente, se mudara havia pouco tempo, respondeu com rudeza:

— Não tenho fogo e, mesmo que tivesse, não lhe dava, *véa* nojenta!

A resposta da pobre saiu espremida pelo choro:

— Se preocupe não, moço, que vou devolver tudo que me deram até hoje!

Daquele dia em diante dona Iaiá foi acometida por grande melancolia. Passado um tempo, como não saísse de casa, algumas mulheres da comunidade, preocupadas, foram até onde ela morava e a encontraram imóvel no jirau onde dormia. Quando tentaram acordá-la, estava gelada.

Dona Iaiá morreu de tristeza e vergonha.

Morreu, sim, mas a história ainda não acabou. De dentro da casa, agora abandonada, as pessoas que por ventura passassem perto, às desoras, escutavam um ruído quase inaudível. Alguém mais ousado deve ter entrado na tapera, pois, no dia seguinte, a cidade inteira ficara sabendo que, do teto da casa de Iaiá, toda noite, caíam palitos de fósforo, em cumprimento da promessa que ela fizera ao sujeito arrogante que lhe negara fogo. Mas, no dia seguinte, nada era encontrado. O chão estava limpo. Mistério!

Acontece que nem todo mundo crê nessas coisas e, numa noite, depois de tomar um pifão, o soldado Alves, um daqueles boquirrotos de província, afirmou que não acreditava naquela baboseira e, para provar que aquilo era conversa de mentiroso, ia passar a noite na tapera. E, com uma esteira debaixo do braço, ele foi. Estendeu a esteira e se deitou, como lá dizem, de papo pro ar. Ao lado, deixou o candeeiro aceso. Debochado, quando estava bem acomodado, perguntou:

— Tem fogo pra mim, dona Iaiá?

Mal terminou de falar e um vento gelado se espalhou pelo interior da casinhola, apagando o candeeiro. E, sobre ele, começaram a cair palitos, primeiro em pequena quantidade, como numa chuva fina. O sujeito achou que alguém estava no teto, a pregar-lhe uma peça e, quando sacava a arma, sentiu cheiro de fumaça de cachimbo e ouviu uma voz rouca a lhe censurar:

— Toma, *mardito*!

E... *bam*! Sobre o infeliz, desabaram uns cinco quilos de palitos riscados. Ele só teve tempo de se levantar e disparar na direção da estrada. Como não deu tempo de abrir a porta, arrebentou-a com os peitos e se pôs a correr como um louco, só parando quando, extenuado, já não conseguia dar mais nem um passo.

A casa, com o tempo, desabou e a cidade avançou sobre ela. Mas, no local, dizem, em alguns dias do ano, ainda há quem sinta o cheiro do cachimbo de dona Iaiá.

A VISÃO DA ENCRUZILHADA

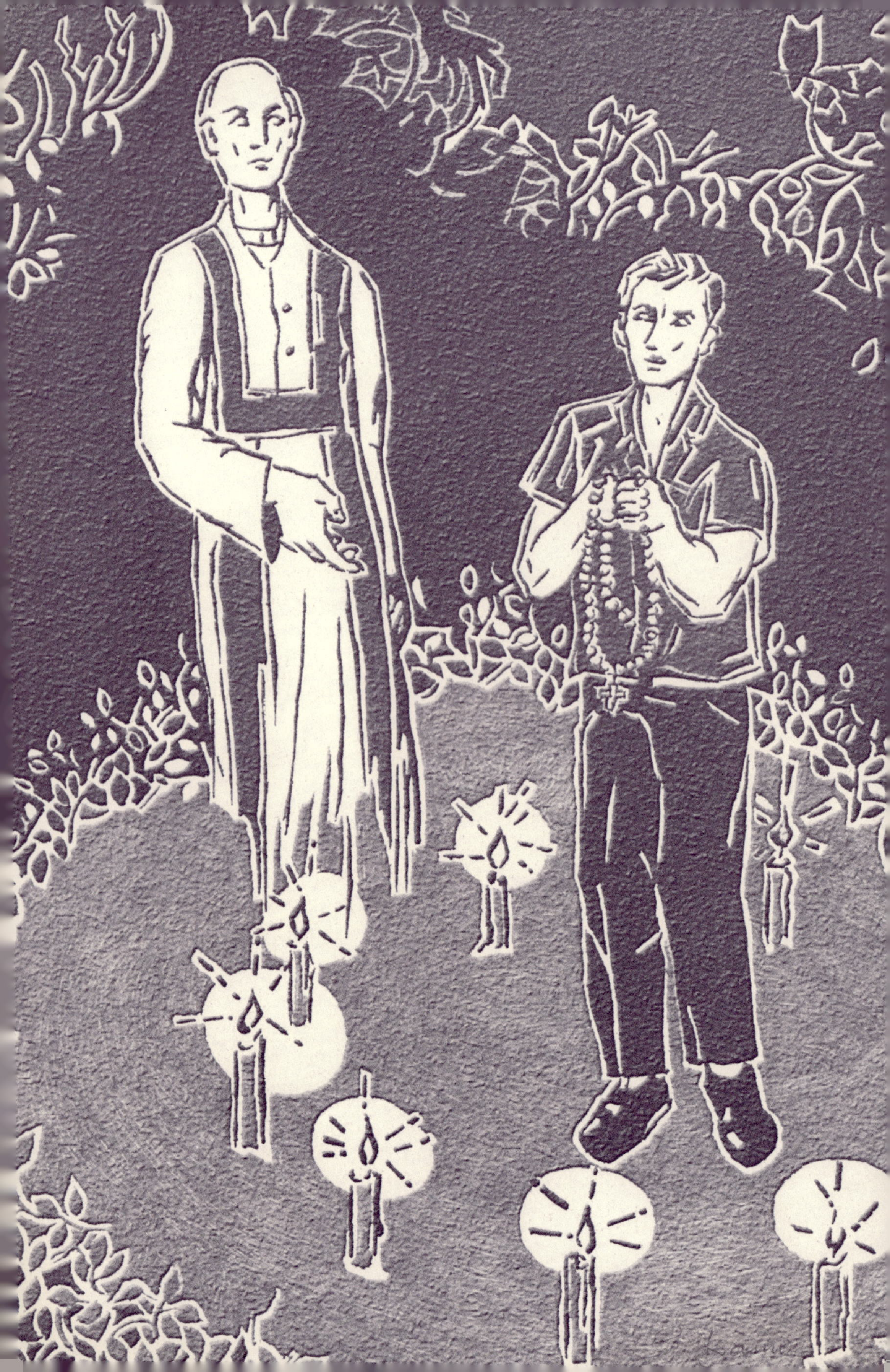

Um moço, que era muito farrista, não perdia um baile. A mãe dava conselhos, rogava para que evitasse sair à noite, pois, numa encruzilhada, dizia, aparecia a alma de um padre excomungado. E quem disse que ele lhe dava ouvidos?! Foi para o baile cujo caminho passava na dita encruzilhada. Era por volta das cinco da tarde e estava tudo tranquilo. O enrosco foi na volta. A noite ia alta e, não tendo outra opção, o jeito foi enfrentar a encruzilhada. Quando chegou no centro, antes de suspirar aliviado, deu de cara com um padre, magro, alto, branco como uma vela. Pediu a bênção, talvez na esperança de o dito cujo não ser a alma-penada de que sua mãe falava, mas um daqueles padres que apareciam por lá por ocasião das santas missões. Qual o quê! A resposta pôs por terra toda a sua coragem:

— Amanhã, nessa mesma hora, quero ver você aqui! Se não vier, vou lhe perseguir, até no fim do mundo! — disse o fantasma, antes de desaparecer.

Pernas, pra que te quero! O rapaz chegou em casa esbaforido e, quando recuperou o fôlego, contou a história para a mãe, que — coitada! —, preocupada como estava, ainda não pregara o olho. Ela aconselhou-o a dormir e, no outro dia, cedinho, ir até o padre da aldeia contar sobre a visagem. Do jeito que ela disse ele fez. Depois do café, arreou o burro e foi em busca do padre, para quem contou a história da encruzilhada. O vigário matutou, matutou e depois deu-lhe o seguinte conselho:

— Filho, esse padre vai virar um encosto em sua vida. Faça conforme eu disser para se livrar dele: compre dez velas bentas e um rosário. No horário marcado, vá para a encruzilhada, faça um círculo com as velas acesas e, com o rosário nas mãos, reze o Credo dez vezes. Quando o maldito aparecer, ordene que lhe diga porque ele paga penitência naquele local.

Assim mesmo o rapaz fez. No centro da encruzilhada, antes da meia-noite, acendeu as dez velas e, com o rosário entre os dedos, começou a rezar o Credo. De repente, do lado da capoeira, veio aquela lufada de ar frio, no instante em que o fantasma se apresentou à sua frente. Foi então que ele notou que os pés do padre não tocavam o chão. E teve mais medo ainda.

— Em nome das três pessoas da Santíssima Trindade, me diga o que você quer! — o rapaz ordenou.

— Quero que você venha até aqui — o padre apontou o lugar em que estava —, pois quero lhe dar uma coisa.

— Venha aqui você! — disse o rapaz sem se mover do lugar.

O padre, vendo que ele não sairia do círculo, começou a se despir dos paramentos — túnica, estola —, deixando-os a uns dois metros do rapaz.

— Minha alma está condenada à danação eterna. Mas eu só posso ir para onde fui destinado quando alguém aceitar, de bom grado, essas vestes sagradas.

O rapaz balançou a cabeça, confirmando que aceitava e o padre deu um estouro e desapareceu dali, dessa vez para sempre.

O moço ainda esperou algum tempo para se mover do lugar. Apanhou as vestes e, no outro dia, foi à igreja e as entregou ao outro padre. Este disse que aquele padre havia cometido muitos pecados, mas, ainda assim, trajava os paramentos litúrgicos, e, por isso, não podia entrar no reino tenebroso.

O rapaz agradeceu ao vigário e foi para casa. E, daquele dia em diante, quem disse que ele quis saber mais de farra?!

O AMIGO LOBISOMEM

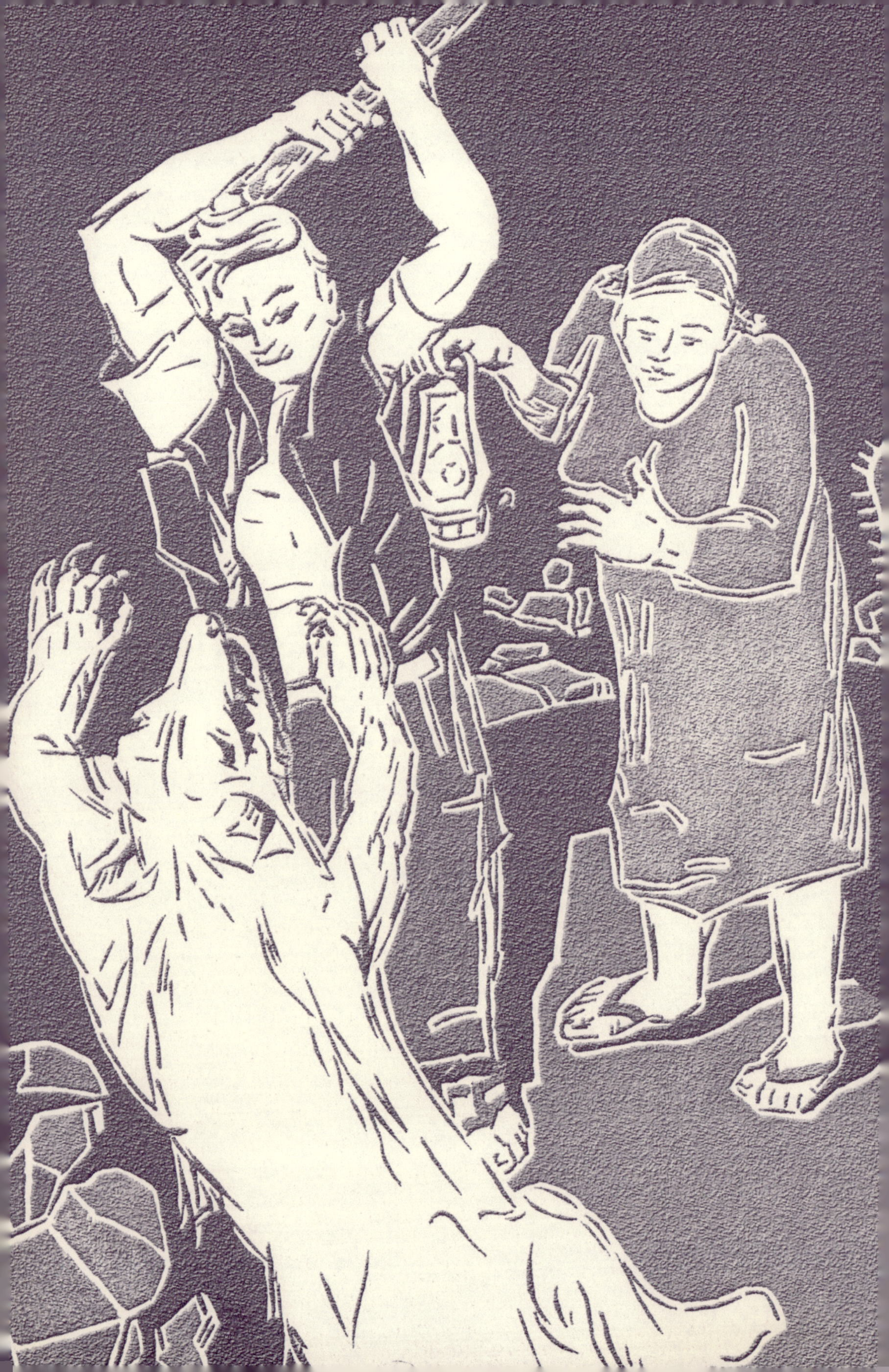

Essa história se passou nos ermos do sertão, no tempo das santas missões. Fala de dois rapazes que, de tão amigos que eram, só viajavam junto. Numa dessas ocasiões, resolveram descansar na casa de um deles para, na tarde do dia seguinte, seguirem adiante. Acontece que o hóspede, um sujeito de tez amarelada e tido por preguiçoso, dormiu tanto que o outro, depois de desistir de tentar acordá-lo, se abusou e seguiu viagem com a mãe, deixando o dorminhoco para trás. Iam andando, naquela calmaria, até que a noite chegou e os envolveu em seu manto escuro.

O rapaz, prevenido, levava um candeeiro. Na prosa, os dois falavam do amigo que ficara para trás, quando se deram conta de que um bicho, com aparência de cachorro, mas muito mais feroz, estava de tocaia e avançou na direção do rapaz. Este se postou entre a mãe e o bicho, que os encarava com um olhar maligno e uma ferocidade nunca vista. O moço, passou a candeia para a mãe e, de posse do cajado dela, esperou que o bicho o atacasse. O que não tardou a acontecer.

O monstro acercou-se deles, rosnando, raivoso, mas recebeu, de pronto, uma bordoada no pé do ouvido. Tentou atacar novamente, mas uma nova cacetada, dessa vez no focinho, levou-o ao chão. O rapaz desferiu-lhe outro golpe com o cajado e o lobisomem — sim, o bicho era um lobisomem — ganhou a capoeira e não perturbou mais os dois. Alguns dias depois, o rapaz, já de volta à sua casa, perguntou à empregada o que era feito do amigo que dormira demais naquela tarde. A mulher contou, então, que ele, assim que acordara, saíra no encalço dos dois, e estranhou que não os houvesse encontrado.

Preocupado, o moço foi fazer uma visita ao amigo e, para sua surpresa, soube, pelos pais deste, que ele estava acamado havia alguns dias. O rapaz foi até o quarto e encontrou-o com um grande hematoma abaixo da orelha. O nariz também estava muito magoado. A reação do doente foi a pior possível:

— Quem te chamou aqui? Vai embora, seu ingrato! Chispa!

O moço, que já intuíra que o seu "amigo" era o lobisomem, saiu discretamente e nunca mais voltou àquela casa. O sujeito, cada vez mais amarelo, percebendo que havia sido descoberto, também sumiu no mundo, e dele não se ouviu mais notícia.

Vozes da tradição
Glossário

VOZES DA TRADIÇÃO

As narrativas orais são como plantas: sobrevivem quando alguém cuida delas. Algumas passam pelo pela podagem, no processo maravilhoso da fixação, reelaboração e transmissão. Outras são resultantes de cruzamentos, que dão origem a contos híbridos, transplantadas de seu local de origem e espalhados por muitos países, satisfazendo mentes curiosas, oferecendo sombra generosa e frutos de variado sabor. Importantes, para a preservação da memória popular, são os contadores e contadoras, guardiães da memória coletiva. Duas mestras da retransmissão oral, que me ajudaram a escrever o livro Contos e fábulas do Brasil, do qual extraímos algumas histórias, já nos deixaram. Casos de Jesuína Pereira Magalhães, de Igaporã, Bahia, e Ana Pereira da Silva (Mãe Velha), de Serra do Ramalho, no mesmo estado. Junto à primeira ouvimos *O noivo defunto*, nosso conto-título; já a segunda contou-nos *A fazenda assombrada*, história escolhida para abrir este livro.

De algumas histórias, ouvidas há muito tempo, ou contadas informalmente, não guardei o nome dos retransmissores. Casos de *A velha dos fósforos*, recolhida em Guararapes (SP), contado por um técnico em informática, e *A visão da encruzilhada*, ouvida, possivelmente, nos serões da Ponta da Serra, Bahia. Cotejei-a com uma das *Estórias de Luzia Teresa, O padre na encruzilhada*.* Já *O amigo lobisomem*, recolhido em Igaporã, Bahia, onde fui professor por quase cinco anos, foi-me contado em 2005 por um aluno do colégio Joana Angélica, Samuel Pereira da Silva. Conheço outras variantes, que utilizei para suprir lacunas da versão citada.

---

* *Estórias de Luzia Teresa* – vol. 2, de Altimar Pimentel. Brasília, Thesaurus, 2001. A paraibana Luzia Teresa dos Santos (1911-1982) é considerada a maior contadora de histórias do Planeta.

As demais vozes da tradição são as relacionadas abaixo:

O homem que tentou enganar a morte – contado por João Paulo Stevam. Recolhido em Serra do Ramalho, Bahia.

O corcunda e o zambeta – contado por João Gomes de Sá. Proveniência: Água Branca, Alagoas. Recolhido em São Paulo, SP.

O diabo e o andarilho – contado por Guilherme Pereira da Silva. Recolhido em Serra do Ramalho, Bahia.

A mendiga – contado por Joana Batista Rocha Ramos. Recolhido em Igaporã, Bahia.

O dia do caçador – contado por Arnaldo Hã-Hã-Hãe. Recolhido em Serra do Ramalho, Bahia.

Caveira, quem te matou? – contado por Lucélia Borges Pardim. Recolhido em Serra do Ramalho, Bahia.

A procissão – contado por Lucélia Borges Pardim. Recolhido em Serra do Ramalho, Bahia.

Glossário

Aleivosia – Traição; fraude; roubo. No conto *A fazenda assombrada*, aleivosia é sinônimo de fantasma.

Arrancho – Pousada; pouso; local de descanso.

Buloca – Bruaca; mala de couro usada para transportar mercadorias.

Carreiro – Caminho estreito; atalho; vereda.

Coqueiro da Bahia – Modalidade do repente nordestino cantada, geralmente, ao final das cantorias.

Curiar – Bisbilhotar.

Freguês – Aparece no conto *O diabo e o andarilho* como sinônimo de estranho, desconhecido.

Fute – Um dos nomes populares do diabo.

Latomia – Ruído, barulho, choro alto.

Ligança – Atenção.

Mandamento – Regra, tabu.

Pareia – Forma popular de parelha; amigo, companheiro.

Patranha – Mentira; história mentirosa.

Plantaforma – Fantasma, assombração.

Zambeta – Indivíduo de pernas tortas. Cambaio, cambota.

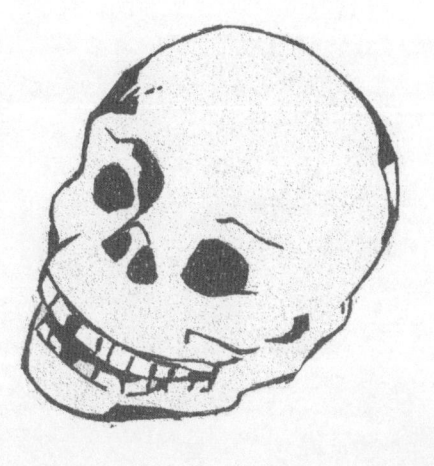

Biografias

Marco Haurélio nasceu em Ponta da Serra, distrito de Riacho de Santana, sertão da Bahia, a 5 de julho de 1974. O contato com a cultura popular ocorreu ainda na infância, quando ouvia, narradas pela avó Luzia Josefina de Farias (1910-1982) muitas histórias reunidas nos livros *Contos folclóricos brasileiros* (publicado em 2010 pela Paulus) e *Contos e fábulas do Brasil* (Nova Alexandria). Motivado pelas leituras noturnas de folhetos de cordel, tornou-se um leitor contumaz e, hoje, é um dos grandes nomes da poesia popular brasileira, com dezenas de títulos publicados. Pela coleção Clássicos em cordel, da Editora Nova Alexandria, lançou *A megera domada* e *O Conde de Monte Cristo*, este último agraciado com o Prêmio Mais Cultura de Literatura de Cordel – 2010. Em 2011, o melhor de sua produção poética foi reunido pela Global Editora no livro *Meus romances de Cordel*.

SEVERINO RAMOS nasceu no município paraibano de Areia, no dia 1º de abril de 1963. Matriculou-se no curso de desenho industrial na Universidade Federal da Paraíba, mas acabou desistindo para dedicar-se às artes plásticas. Participou de várias exposições no Museu Assis Chateaubriand em Campina Grande. Em 1987, mudou-se para São Paulo, onde, durante muitos anos, expôs suas obras na Galeria de Arte Brasileira. Ilustrador de livros infantis e de folhetos de cordel, seu estilo é uma síntese de várias escolas. Entre os livros que ilustrou estão *O conde Pierre e a princesa Magalona*, de Antônio Teodoro dos Santos (Luzeiro), e *Hamlet*, versão em cordel de Rafael de Oliveira para a peça de William Shakespeare (Nova Alexandria).

Este livro foi composto em
Bodoni MT 12 pt. e Thereza 36 pt.
Impresso em papel Pólen.
Pantone 2695U.